E. DUCLAUX,

DE L'ACADÉMIE DES SCIENCES

AVANT LE PROCES

(L'AFFAIRE DREYFUS)

PARIS

P.-V. STOCK, ÉDITEUR

(Ancienne Librairie TRESSE & STOCK)

8, 9, 10, 11, GALERIE DU THÉATRE-FRANÇAIS

PALAIS-ROYAL

1898

AVANT LE PROCÈS

P.-V. STOCK, ÉDITEUR, PARIS

DU MÊME AUTEUR

PROPOS D'UN SOLITAIRE

L'Affaire Dreyfus

Une plaquette in-18. Prix. . . . . . . 50 cent.

ÉMILE COLIN — IMPRIMERIE DE LAGNY

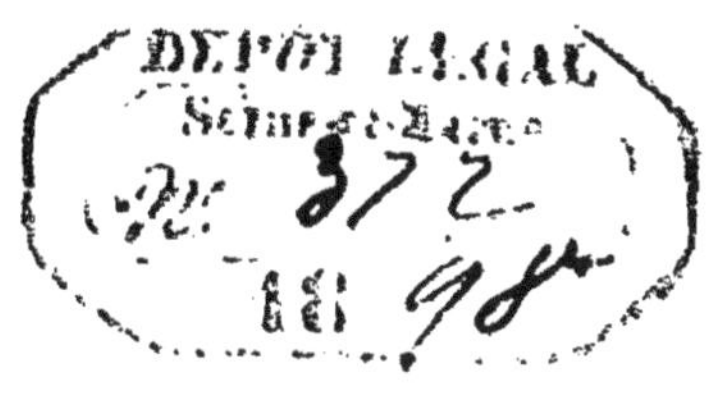

E. DUCLAUX
de l'Académie des Sciences

AVANT LE PROCÈS

Prix : 50 centimes

PARIS
P.-V. STOCK, ÉDITEUR
(Ancienne Librairie TRESSE & STOCK)
8, 9, 10, 11, GALERIE DU THÉATRE-FRANÇAIS
PALAIS-ROYAL

1898

AVANT-PROPOS

Au lendemain du jour où avait paru, dans la *Revue des Deux Mondes*, un article de M. Brunetière, malmenant un peu quelques intellectuels mêlés au premier procès Zola, j'avais répondu dans le *Siècle* par les lignes suivantes :

« Les intellectuels passent un mauvais quart d'heure. Ils ont entendu un président du Conseil leur interdire, du haut de la tribune aux harangues, et à l'applaudissement général, de s'occuper de politique, et il semble en effet qu'ils soient bien inutiles pour la plus grande partie de celle qu'on nous fait ces jours-ci. Voici maintenant que, dans leurs rangs, une voix s'élève qui leur reproche « d'avoir fait beaucoup de mal depuis cent ans ». Et cette voix a raison aussi. Ce sont en effet les intellectuels qui ont fait la Révolution française. Peut-être instruits par l'expérience, ne recommenceraient-ils pas, si la chose était à refaire. Je ne vois pas bien ce qu'ils y ont gagné.

» Pour eux-mêmes, rien ou à peu près. Ce sont des gens de cabinet, comme on le leur a fort bien dit, peu faits pour la place publique. On compterait sur ses doigts ceux d'entre eux qui ont été ministres ou présidents du conseil. D'autre part, il y a cent ans, il y avait un siècle qu'on ne leur disputait plus que faiblement ce à quoi ils tiennent le plus, le droit de penser et d'écrire. Mais voilà, c'étaient des rêveurs ! ils rêvaient d'étendre à tous les privilèges dont ils jouissaient eux-mêmes. En invitant chaque citoyen à s'occuper de ses affaires et en lui en donnant le droit, ils ont fini par aboutir au suffrage universel, et, à cet effort, ils ont gagné qu'en haut on leur dit : nous n'avons plus besoin de vous ; et à côté d'eux, plus longuement, mais dans un style plus châtié : pourquoi diable avez-vous développé cet individualisme qui fait que chacun veut avoir une opinion, et se mêle de juger les juges et les lois ?

» Là est peut-être le mal, je le reconnais. Le monde devient de plus en plus difficile à conduire. Il fallait s'arrêter à moitié chemin, au niveau de liberté et d'autorité qui donne le bon chien de chasse. Les intellectuels ont été trop généreux. Le pis est que le mal est fait. La confiance dans les chefs spirituels ou temporels ne peut plus s'édicter, s'inscrire dans un article de loi. Les hommages qu'on continue à rendre à l'autorité sont des hommages libres, empruntant toute leur valeur à celui qui les donne, non à celui qui les reçoit. Leur quasi-unanimité ne les empêche pas, à l'occasion, d'être fragiles et caducs, et la confiance devient peu à peu une marchandise à prix variable, dont gouvernants et gouvernés discuteront au grand jour la valeur. Les uns comme les autres pourront se tromper dans la discussion, car l'erreur est naturelle à l'homme; mais quand on se sera trompé, d'un côté ou de l'autre, ce ne sera pas un argument pour n'en pas convenir. *Errare humanum est, perseverare autem diabolicum.* Voilà l'avenir auquel l'humanité tend malgré toutes les résistances, et en dépit de tous les reculs. Les intellectuels conservent leurs yeux fixés vers cet horizon, et gardent la volonté d'aider leurs concitoyens égarés à l'atteindre. » (*Propos d'un solitaire*, 19 mars 1898.)

J'avais le projet de m'en tenir là. Diverses personnes m'ayant dit depuis qu'un recueil aussi sérieux que la *Revue des Deux Mondes* méritait une réponse, sinon plus sérieuse, du moins plus étendue, je me suis laissé convaincre, et j'ai publié dans la *Revue du Palais* (1) l'article qu'on va lire.

Je croyais que tout était fini de ce côté quand j'ai été averti de la réimpression, en plaquette, de l'article de M. Brunetière, avec notes, en réponse au mien. Me voilà donc conduit à publier aussi mes notes en réponse à celles de mon illustre confrère. La littérature a ceci de bon qu'elle permet d'éterniser les discussions. On est séparé par une rivière, parfois par un fleuve, et on essaie de s'atteindre avec des pierres, en faisant des ricochets. Le public regarde, indifférent ou amusé, les cercles que l'inoffensif projectile fait naître sur l'eau avant de s'y enfoncer pour jamais. Aussi est-ce avec un parfait détachement que je lance celui-ci.

Parve, nec invideo, sine me, liber, ibis in undas.

(1) N° 5. 1er mai 1898.

AVANT LE PROCÈS

Un vent de folie a soufflé sur la France. Nous sommes là tous agités, inquiets, mécontents de nous-mêmes ou de préférence des autres, sentant bien que *ça ne va pas*, qu'il y a quelque chose de détraqué dans notre vie nationale. Et comme nous sommes en désaccord sur les causes du mal, comme l'alcool nous travaille dans les profondeurs, comme nous perdons de plus en plus l'habitude ou même peut-être le pouvoir de réfléchir et de raisonner, nous nous montrons le poing, nous nous répandons en violences imbéciles : peu s'en faut que nous n'en venions aux mains. Ce ne serait pas la première fois que la France aurait vu de ces sanglantes mascarades, dans lesquelles, le combat terminé, personne ne sait plus pourquoi on s'est battu.

Si l'on veut avoir un exemple éminent de cet état de trouble des esprits et des consciences, et à un niveau auquel on peut être surpris de le rencontrer, il n'y a qu'à lire avec soin un récent article de M. Brunetière dans la *Revue des Deux Mondes* (1). On y voit un homme tourmenté, anxieux de l'avenir, et cela à juste titre, osons le dire dans le camp opposé au sien. Oui, il est malheureux que la question qui nous divise ne soit pas restée une question de fait, que l'éloquence du Parlement et de la Presse s'en soit mêlée et lui ait fait un cortège de grands mots au milieu desquels elle disparaît, qu'on n'y voie plus maintenant que l'honneur de l'armée, l'honneur de la nation, qui n'étaient pas en cause, au lieu de la traiter juridiquement comme une question de faux en écritures publiques, du même ordre que celles dont les

(1) *Après le procès*, livraison du 15 mars 1898.

cours d'assises ont à connaître tous les jours, sans soulever tant d'émoi. Oui, il est malheureux et il est peut-être dangereux que la question ait débordé aussi sur le terrain religieux, qu'on en ait fait une lutte de races, et qu'à côté de la plus noble des passions humaines, l'orgueil, on ait éveillé la plus basse, la convoitise.

Mais la tristesse d'âme dont M. Brunetière se sent envahi à ce spectacle se transforme chez lui en tristesse d'esprit. Acceptant un mot d'ordre tombé de la tribune, au grand applaudissement de nos députés les plus distingués, il s'en prend, lui aussi, aux « intellectuels ». Il se frappe un peu la poitrine, car il ne peut nier qu'il ne soit de la bande, mais il frappe naturellement plus volontiers celle des autres, et dès lors l'accusation perd la banalité de son début. C'est un spectacle assez réjouissant de voir un homme qui doit sa légitime réputation à ce qu'il a toujours su avoir une opinion et la défendre, reprocher avec humeur à ses égaux de dire aussi ce qu'ils pensent.

C'est un spectacle assez attristant de le voir sur ce chemin aboutir à l'invective, et écrire, par exemple, au sujet d'un des hommes qui font le plus d'honneur à la France : « Il sait ce que c'est que la justice des hommes ; n'est-il pas directeur de l'Ecole nationale des chartes ? » Où est l'esprit dans cette boutade de dyspeptique ? où est la justice ?

Ce serait faire tort à M. Brunetière que d'insister plus longtemps sur les personnalités dont il a émaillé sa prose : il les regrettera, s'il ne l'a déjà fait, lorsqu'il sera redevenu plus calme. Il y a quelque chose de plus intéressant dans son article : c'est la théorie qu'il fait de la situation. Un premier ministre, qui manie le tonnerre, peut se contenter de dire, de très haut : « Ce sont les intellectuels qui ont fait tout le mal » ; il n'est pas obligé de prouver. Quand on écrit dans la *Revue des Deux Mondes*, et quand on s'appelle Brunetière, on ne peut pas se dispenser d'une théorie et d'une démonstration. Voyons celle qu'on nous offre,

Elle est double. En fait, dit M. Brunetière, on ne saurait méconnaître dans ce qui se passe l'influence posthume de tels ou tels écrivains, Renan, Darmesteter, qui étaient deux penseurs, ou de tels autres, qui étaient simplement journalistes, et qui tous ont été imprudents dans quelques-unes de leurs phrases. En droit, continue-t-il, les chosesnepouvaientpas se passer autrement, dans un pays où chacun se juge capable d'avoir une opinion, et prend la liberté de la dire. Usant de cette liberté, tant qu'elle existe encore, je voudrais dire mon opinion ou plutôt exposer mes doutes au sujet de celle de M. Brunetière. Mais, tout d'abord, je veux le remercier d'avoir consenti à argumenter, dans une question où il y a tant de gens qui disent : Nous avons des preuves! sans vouloir dire du reste en quoi elles consistent. Une pomme est une pomme, par définition ; mais une preuve ne devient une preuve qu'après discussion, et pour ceux qu'elle a convaincus.

Voyons celles de M. Brunetière, et

d'abord son premier argument. Renan évangéliste et pasteur du peuple, voilà déjà une idée qui n'entre pas de plain-pied dans l'esprit (1). Et puis, pourquoi Renan? C'est bientôt fait de dire : voyez comme les doctrines de tel ou tel écrivain ont passé dans les faits; voyez son influence! Il n'y a, me semble-t-il, aucune justesse dans ce raisonnement, que

(1) Tout ce passage n'a pas eu l'heur de plaire à M. Brunetière, qui y revient à plusieurs reprises, dans les notes dont il a accompagné la publication en librairie de son article. Il me dit que « j'ignore à quel degré de profondeur les idées de Renan ont pénétré dans le populaire », et que « la distinction absolue que M. Drumont essaye d'établir dans la *Libre Parole* entre le Sémite et l'Aryen » vient en principe « des écrits de Taine et de Renan ». Peut-être! Il faut bien que l'eau d'égout vienne de quelque part. Toute la question est de savoir si ceux qui la recherchent souhaitent de lui trouver sa pureté originelle. Gageons que l'immense majorité de ceux dont on veut faire aujourd'hui des disciples de Renan ne distingue pas un Aryen d'un *prop' à rien!* M. Brunetière croit-il vraiment qu'on se préoccupe, dans ce parti, des raisons « de spécifier, d'approfondir, de démontrer la diversité d'aptitudes originelles des grandes races qui se sont partagé l'histoire et le monde »? S'il veut bien le dire tout haut, je promets de lui renvoyer un des brevets de naïf dont, sans crainte de s'appauvrir, il m'a généreusement délivré cinq ou six exemplaires. Mais j'ai bien peur qu'ils ne me restent tous pour compte.

M. Brunetière connaît bien : il est tantôt bon, tantôt mauvais : c'est dire que ce n'est pas un raisonnement, c'est une constatation de faits qui se succèdent et qui auraient pu se précéder. Dans l'espèce, ce qu'il aurait fallu se demander, c'est pourquoi les contemporains de Renan ont subi son influence, et non pas celle de Veuillot ou de Dupanloup par exemple, qui écrivaient d'aussi bon français en soutenant d'autres doctrines. Point n'est besoin même d'aller chercher si loin. Renan, qui était à la fois un grand croyant et un grand sceptique, et qui s'amusait beaucoup des variations de sa pensée, a certainement écrit quelque part une phrase de sens opposé à celle qu'incrimine M. Brunetière. Si j'avais le temps, je m'amuserais à la trouver, de même que je pourrais trouver dans l'œuvre déjà vaste de M. Brunetière des thèses opposées à celle qu'il professe aujourd'hui.

Je demande dès lors : pourquoi est-ce telle phrase qui vous a paru prophétique et non telle autre? Cela ne tiendrait-il pas à ce que, en les relisant, celle qui s'est réalisée vous frappe plus que sa voisine? Mais dans cela, l'auteur n'est pour rien, et le lecteur pour tout. C'est de l'auto-suggestion. Sortons même du domaine de la psycho-pathologie, et posons-nous la question d'une façon tout à fait générale. Pourquoi entre les idées qui lui viennent ainsi de tous les points de l'horizon, le grand public choisit-il les unes et non les autres? Quand le vent va vers l'Est, est-ce que l'Est l'attire? Vous alléguerez la puissance du talent. Mais outre que de Renan à Renan, et de Brunetière à Brunetière, ce talent est égal, vous ferez une pétition de principe, car où trouvez-vous une preuve foncière de talent en dehors du succès, c'est-à-dire en dehors du suffrage des hommes et du vent qui souffle?

Balzac, qui a eu du talent chez nous, n'en a plus aujourd'hui que dans les républiques sud-américaines. Voyez, à ce sujet, les éditeurs! Wagner commence à avoir plus de talent à l'étranger que dans sa patrie. Voyez les marchands de musique! Vous m'amusez, vous m'instruisez de ce sur quoi je veux être renseigné, vous caressez ou précisez mes petites idées en politique, en morale, en philosophie : vous avez du talent pour moi. Si nous ne sommes que dix à penser ainsi, notre suffrage crée un petit remous local et limité, un de ces petits tourbillons qu'on voit naître et mourir dans l'eau d'un fleuve derrière les piles de pont. Si nous sommes au contraire mille à avoir de vous cette bonne opinion, et si chacun de nous trouve autour de lui cent personnes qui, par snobisme ou suprême indifférence, consentent à répéter ses phrases, un courant s'établit, et vous voilà célèbre. Mais, comme tout à l'heure, ce n'est pas vous qui créez votre public, c'est votre public qui vous crée.

Et voilà pourquoi, au lieu de rééditer une fois de plus le vieux cliché : « C'est la faute à Voltaire! » ou encore celui-ci, moins généreux : « C'est le lapin qui a commencé! » M. Brunetière aurait dû se demander, d'abord, s'il avait le droit de

faire remonter à des écrivains, à des « intellectuels », la responsabilité de la situation actuelle (1). Cette première recherche implique déjà une belle confiance dans la vertu de la lettre moulée. Puis il aurait

(1) « Qu'est-ce que cela signifie ? dit ici M. Brunetière. Que les intellectuels, quoi qu'ils disent, ne sont jamais « responsables » de rien? Qu'ils ont le droit de tout faire, et ensuite de s'en laver les mains ? Que leur intellectualité n'a pas à connaître de ses conséquences ? La théorie est trop commode, et M. Duclaux trop naïf ! Les intellectuels sont responsables de toutes les idées qu'ils jettent dans la circulation. » Je le veux bien ; c'est une thèse. Mais en voici une autre qui est également respectable. Comme rien ne peut dire à l'avance si ce qu'on fait, dit, ou écrit aura de bonnes ou de mauvaises conséquences, comme l'Évangile lui-même a servi de prétexte à des atrocités, soit qu'il fût persécuté, soit qu'il fût persécuteur, la perfection de la vie est de se contempler le nombril et de ne pas avoir d'enfants, de peur qu'ils ne tournent mal.

Voilà l'agrément des thèses générales. Elles permettent « d'élargir le débat », c'est-à-dire d'en escamoter le sujet. Ma question était beaucoup plus restreinte et par là beaucoup plus précise. Elle se réduit à ceci : Pourquoi Renan ou J. Darmesteter sont-ils plus responsables de la situation actuelle que l'inventeur de la morphine de ce qu'il y a des morphinomanes ? Et je sens que je fais encore tort à Renan et à J. Darmesteter en posant ainsi ma question, car enfin on peut dire que Sertuerner a rendu la morphinisation plus facile. Mais c'est égal, je m'y tiens, et je sollicite une réponse sortant du vague des généralités et des phrases toutes faites.

fallu nous expliquer pourquoi c'est telle phrase de Renan, et non telle autre qui nous a faits ce que nous sommes. Le jour où M. Brunetière fera cette recherche, elle le conduira, je pense, à mettre hors de cause Renan et Darmesteter, et à ne voir à l'antisémitisme que les autres causes politiques et sociales qu'il lui assigne courageusement, et, en particulier, celle qui se résume en ceci : « Ote-toi de là que je m'y mette ! (1) ». Mais cette évangélique doctrine n'est pas celle des intellectuels, qui

(1) « Je demande, dit M. Brunetière à propos de cette phrase, de qui on se... moque quand on se voile à ce propos la face, et si nous sommes sincères, je demande où, en quel pays, le jeu de la politique a consisté en autre chose ? A quoi donc M. Gladstone a-t-il passé sa vie, sinon à essayer de déposséder de la politique ou de l'administration les Beaconsfield et les Salisbury, et à quoi les Salisbury et les Beaconsfield, qu'à tâcher d'en déposséder à leur tour M. Gladstone ? » M. Brunetière a raison. Et comme nous sommes sincères, nous dirons que nous ne nous voilons pas la face quand, dans un concours, un élève israélite l'emporte sur un élève catholique ou protestant, mais nous nous la voilons quand cet élève, devenu magistrat ou officier, est obligé de démissionner à cause de la situation que lui font dans le corps ses camarades ou ses chefs. De même nous trouvons que si un juif a le droit d'ouvrir boutique, un catholique a le droit de n'y

tous au contraire se sont galamment exposés à ce qu'on la leur applique, et dont quelques-uns même y ont déjà réussi.

*
* *

Voilà pour la question de fait soulevée par M. Brunetière. Je ne la résous pas, remarquez-le ; je présente seulement des arguments et des doutes contre la solution fournie, et je laisse le lecteur juge. En cela je reste fidèle à cette méthode scientifique que M. Brunetière malmène tout le long de son article, avec d'autant plus de vigueur que cette fois il se sent hors du débat. Et il a raison, car il appert, comme on dit au Palais, tant de son dernier article que d'un article antérieur qui fit un jour beaucoup de bruit en tombant, qu'il ne sait pas ce que c'est que la science, qu'il la voit où elle n'est pas, et qu'il ne

pas entrer. Mais nous voudrions pouvoir nous cacher quelque part, quand nous apprenons qu'on casse les vitres et qu'on pille dans les maisons israélites, et si M. Gladstone s'était permis la même chose chez M. Disraeli, nous n'aurions pas appelé cela le « déposséder de la polititique ou de l'administration ».

la voit pas où elle est. Grave défaut quand on s'est donné mission d'appliquer la bastonnade (1)!

Qu'est-ce qu'un raisonnement scienti-

(1) « Peut-être! me répond M. Brunetière, mais en tout cas pas plus grave que de sortir d'un laboratoire de microbiologie pour administrer la justice! » Et comme M. Brunetière se vante par ailleurs de ne rien écrire au hasard, d'avoir des preuves de tout ce qu'il avance, et de ne jamais laisser échapper un mot à l'effet « d'arrondir la phrase », me voilà atteint et convaincu d'avoir administré la justice. Ai-je pourtant écrit un mot disant que Dreyfus est innocent? Il m'a paru, et à combien d'autres avant moi et depuis moi? que dans la partie visible du procès, les juges s'étaient mis inconsciemment la tête dans un sac, justement parce que, comme M. Brunetière, ils n'avaient pas vu la science où elle était, et l'avaient vue chez les experts en écriture qui, du reste, ainsi que je le montrais, étaient confondus de tant d'honneur et de confiance. Cela fait, je demandais, mon chapeau à la main, si par hasard le jugement n'avait pas été entouré de plus de lumières que l'instruction. Est-ce là ce que M. Brunetière appelle administrer la justice? A une question si naturelle et si légitime, vu que nous sommes tous intéressés à savoir si parfois on administre la justice dans les conseils de guerre comme ailleurs on administre des coups de bâton, on nous répond, en se voilant à son tour la face, que l'honneur de l'armée est compromis, et par surcroît un ministre nous menace de nous faire administrer des douches calmantes dont il croit que nous avons besoin. Que d'administrations! *Que de bruit pour une omelette au lard!* Et combien deux mots de raison et de sang-froid vaudraient mieux que tous ces tonnerres!

fique? Tout simplement ceci : un raisonnement fait avec la crainte salutaire de se tromper, et la ferme volonté d'en éviter l'occasion. Un savant fuit l'erreur comme un catholique fuit le péché, mû par les mêmes sentiments, mais il lui est plus facile de ne pas succomber à la tentation, car il se garde bien de chercher sa force de résistance en lui-même, et, ce qui le sauve d'ordinaire, c'est que, son raisonnement fait, il se hâte de se repérer sur quelque chose d'extérieur pour en éprouver la justesse. Chaque savant prend pour cela les moyens à sa portée; l'astronome consulte l'observation, le physicien et le chimiste l'expérience, le paléographe fait des fouilles dans les bibliothèques et compare des manuscrits, le naturaliste parcourt des musées ou lit des récits de voyageurs qu'il contrôle les uns par les autres, l'historien en fait autant pour les monuments et les récits du passé. Tous sont des savants au même titre, à la double condition de faire leur recherche honnêtement, sans parti pris, et de prendre les matériaux de leur conviction en dehors d'eux-mêmes, en dehors du milieu intérieur dans lequel a pris naissance le jugement qu'il s'agit de vérifier (1).

Notre petite définition du raisonnement scientifique, d'aspect si inoffensif qu'elle pouvait paraître banale, met donc tout d'abord en dehors du cadre de la science toutes les branches des connaissances humaines qui ont un caractère nettement individuel, non seulement, ainsi qu'il est naturel, l'art, la littérature, et

(1) A tout ce paragraphe, M. Brunetière répond longuement, mais dans un esprit tel qu'il m'est impossible de le suivre sans dépasser notablement les bornes d'une note. C'est ainsi qu'il dit tranquillement : « Il n'y a pas de « science » de ce qui ne s'est pas vu deux fois. » La géologie ne serait donc pas une science ! Ceci le met trop loin pour que nous puissions nous entendre. Je me contente de le renvoyer à une lettre *sur l'esprit scientifique* que j'ai publiée en mars 1898, dans le *Manuel général de l'Instruction primaire*. Il y verra que je n'avais pas attendu, comme il le croit, son article, pour convenir franchement de tout ce qu'il y a de contingent dans la science. Il y verra aussi qu'il y a plus de savants qu'il ne pense, bien qu'il n'y en ait pas encore assez. Il y verra enfin combien est extraordinaire le portrait qu'il fait de cet intellectuel qu'il nous montre « plein d'un mépris doux et tenace, transcendant, mais invincible, pour tous ceux qui ne sont pas de la bande. Il constitue,

en général les œuvres d'imagination qui ont leur origine et leur fin en elles-mêmes, mais encore ces sciences fictives qui prétendent vivre et progresser sans sortir du domaine de l'esprit qui les a créées. Les mathématiques peuvent ne pas regarder par la fenêtre, parce qu'elles ont pour bases, soit des vérités de sens commun, soit des conventions pures, qui, une fois précisées et admises, commandent toutes les déductions. Mais quand ces conventions sont mal définies, ou contestables, comme par exemple dans la philosophie, l'édifice n'a plus de base : il lui faut des

avec ses pairs, une aristocratie parmi les hommes, et même, de nos jours, la seule et unique aristocratie. Il aspire à des droits que n'auraient pas les autres, et en attendant qu'il ose ouvertement les revendiquer, il se les confère. Le rêve odieux, le rêve monstrueux de Renan le hante : une foule anonyme et obscure, qui « penserait », qui « jouirait par procuration » et au-dessus d'elle, l'être en possession de la science, *mettant une terreur illimitée au service de la vérité* ». *Ægri somnia.* Si M. Brunetière vit au milieu d'intellectuels de cette sorte, il est à plaindre, et sa mauvaise humeur s'explique. Mais s'il y voit des savants, j'ai raison contre lui : il ne sait pas faire la différence entre la vraie et la fausse science, entre le vin de l'autel et celui du cabaret.

étais extérieurs, sans quoi il retombe au rang des œuvres d'imagination pure.

Je ne ravale pas ce qui n'est pas la science en parlant ainsi. La philosophie, réduite à ses seules forces, peut être parfois aussi amusante qu'un roman, ou aussi consolatrice qu'une croyance religieuse. Je ne fais qu'un classement dont je veux tirer la conclusion suivante. Le littérateur ou le philosophe peut et même doit être content de son œuvre, quand il l'a tirée tout entière et avec conscience de son propre fonds. Un savant, quel qu'il soit, sera toujours incertain sur la sienne, parce qu'elle peut être l'objet d'un contrôle extérieur. Du moment qu'il est sorti de lui-même, il a accepté une jauge, une unité de mesure. Ses expériences peuvent être reconnues fautives, son observation incomplète, ses renseignements inexacts ou mal interprétés. Bref, son œuvre, si consciencieuse qu'elle soit, est caduque dès qu'elle vient au monde et se trouve livrée aux disputes des hommes.

Ici se rencontre l'explication toute

simple de deux mots que M. Brunetière semble avoir mal compris. Pourquoi qualifie-t-on d'esprit scientifique tout esprit qui se conduit suivant les règles que je viens de rappeler? Ce n'est pas, comme il paraît le croire, qu'il n'y a pas d'esprit scientifique en dehors des sciences exactes, les seules qui, d'après M. Brunetière, permettent « de pouvoir et de prévoir ». Ce n'est pas là leur caractéristique. Ce qui les fait grandes, en dehors de leurs résultats matériels, c'est que l'esprit y a plus de liberté et d'indépendance qu'ailleurs, en ce qu'il a le droit de s'y garder de toute passion et de tout ce qui peut fausser son jugement. Il est plus facile aux mathématiciens de s'entendre sur le carré de l'hypothénuse ou aux chimistes sur les propriétés de l'oxygène qu'aux historiens sur les guerres de l'Empire, pour prendre un exemple un peu éloigné de nous. Mais, alors même qu'ils ne s'entendront pas, les historiens des diverses nations n'en seront pas moins des savants s'ils ont fait autant que possible abstraction d'eux-mêmes dans leurs études, et surtout s'ils ont présenté leurs conclusions avec réserve, en les offrant au jugement et à la contradiction de leurs pairs, et même de leurs impairs.

Ce rôle d'aveugle à deux bâtons, sans chien, et tâtant constamment autour de lui, n'a, je le reconnais, rien de reluisant, et il y a d'autres personnages de la pièce qui ont plus de panache, parlent et se démènent davantage. Comment se fait-il pourtant que ce soit la science, qui n'est jamais sûre de rien, qui avance toujours, tandis que... Mais non ! ne faisons pas de comparaisons désobligeantes : contentons-nous de remarquer que le savant, tel que je viens de le définir, avance aussi, qu'à cette marche dans l'obscurité, il gagne du flair, et devient apte à deviner ce qui échappe aux autres hommes. « L'astronome *prévoit* des « passages » et le chimiste *peut* des combinaisons », dit M. Brunetière ; j'ajouterai : l'exégète *peut* distinguer dans une phrase française une pensée allemande, et le paléographe *prévoir*, à l'aspect d'un document, une falsification là où de très braves gens ne voient que du noir sur du blanc (1). Cela peut quelquefois être utile, et il est probable que si, dès l'origine, on s'était adressé à des intellectuels de cette force, au lieu d'avoir recours à qui vous savez, nous serions plus tranquilles et plus confiants dans l'avenir. Voilà l'avantage de ceux qui doutent sur ceux qui affirment.

On devine enfin ce que peut être, avec

(1) « Je croyais naïvement, dit ici M. Brunetière, que le mot « prévoir » eût un sens défini ; et, après y avoir mûrement songé, je persiste à penser qu'on ne « prévoit » que l'avenir — une éclipse de lune, par exemple, ou le retour d'une comète. » Je reste sur le terrain choisi par M. Brunetière. Je viens de finir un calcul qui me permet de prévoir pour l'année 1998 le retour d'une comète parue cette année. Le même calcul me permet de *prévoir* qu'elle a paru en 1798, ou, si je veux être tout à fait puriste, de prévoir que je trouverai, en cherchant, trace de son passage en 1798. De même un paléographe peut prévoir, à l'aspect d'un document, qu'il découvrira, en cherchant, une falsification, ou plus simplement, prévoir une falsification. Voilà ma réponse ! Mon argument est en quelque sorte une parabole, et ma façon de parler en quelque sorte une ellipse. Et nous restons toujours sur le terrain de l'astronomie.

un pareil état d'esprit, l'opinion d'un savant sur lui-même. S'il est sage, il doit se dire que tout ce qui sort de sa plume est d'une vérité imparfaite, contingente, et destinée à s'effacer, tout en laissant sa trace, aussi sûrement que l'embryon disparaît dans l'animal adulte. Voilà pourquoi il ne comprend pas lorsqu'il s'entend railler de ce que tel *Traité de microbiologie*, qu'il a écrit, sera peut-être du vieux papier dans dix ans (1). Cela, non seulement il le sait bien, l'ayant dit lui-même dans sa préface, mais encore il l'espère

(1) « J'avais dit 25 ans », dit à ce propos M. Brunetière. je lui sais gré d'avoir supposé à mon livre tant de longévité. Mais dans ma préface j'avais été plus modeste, et m'étais borné à sept ans. Un septennat! un tout petit septennat pas du tout militaire, pendant lequel, je le jure, je ne songeais nullement à « mettre une terreur illimitée au service de la vérité »! Et c'est ce *Traité de microbiologie*, qui se fait si modeste, qu'on prend comme tête de Turc quand il s'agit de confondre la science, et de « rappeler au lecteur ce qu'il y a dans toute œuvre scientifique de précaire, de ruineux, et partant de contingent! » Le choix tombait mal, mais il faut dire qu'il était difficile à faire, car si M. Brunetière avait choisi, à l'inverse, un ouvrage affirmatif et manifestant hautement l'intention de durer, tout le monde lui aurait dit: « C'est de la littérature, ce n'est pas de la science. »

fermement. Un livre scientifique est un gîte d'étape. Il recueille les retardataires, reçoit les nouvelles recrues, les dégrossit un peu, leur met le sac au dos, et en route! Dépassez-nous, cadets, car vos jambes sont jeunes, mais, pour Dieu! marchez, car si vous restiez stationnaires et nous laissiez durer, en vérité, ni vous ni nous n'aurions fait notre devoir!...

*
* *

Fort bien, répondra M. Brunetière, mais à quoi reconnaîtrai-je cet esprit scientifique? « Je ne sais ce que c'est, ni comment un critique ou un historien se permettraient de se l'attribuer, quand on voit des savants se reprocher entre eux de ne pas l'avoir, et se le prouver même en se convainquant d'erreur. » La phrase est cette fois, non seulement bien faite, comme à l'ordinaire, mais encore logique, et sa première proposition est bien prouvée par la dernière, car il est clair que M. Brunetière confond les moyens et le but, l'esprit scientifique, qui conduit peu à peu par la contradiction à la vérité, et la vérité elle-même. On peut se tromper tout en gardant l'esprit scientifique. Toutefois, c'est infiniment plus facile quand on ne l'a pas. « Pense-t-on que M. Pouchet, qui fut le contradicteur acharné de Pasteur, ne crût pas avoir l'esprit scientifique? » Sûrement il le croyait, car il était très sincère. Il l'a même eu sur quelques points secondaires, mais il en a manqué là où il aurait pu s'illustrer, rendre service à son pays, et s'attirer le témoignage des hommes. Car ici aussi ce témoignage entre en ligne de compte, comme à propos des œuvres de l'esprit. La différence est qu'un jour viendra peut-être où Pouchet passera pour avoir eu beaucoup de talent : ce jour-là, la science aura fait un pas énorme dont nous nous applaudirons tous ; mais s'il vient jamais, il laissera Pasteur en pleine lumière, car les vérités ne se combattent pas ; elles s'entr'aident. « Enfin, continue M. Brunetière, quand la physique et la chimie seraient en possession d'une méthode certaine, qui donc a décidé que cette méthode serait applicable aux plus délicates questions qui intéressent la morale humaine, la vie des nations et les intérêts de la société ? » Ici, je prendrai la liberté de faire observer à M. Brunetière qu'emporté par son éloquence naturelle et le goût des grands mots, il sort tout à fait de la question et de la réalité.

Est-ce que, au cours des débats qui ont motivé le plaintif article de M. Brunetière, l'auteur du *Traité de microbiologie* qu'il morigénait tout à l'heure a demandé « à juger ses semblables ou à commander les armées » ? Il n'en a eu garde, et s'il y avait pensé, à voir comment ceux qui commandent les armées jugent leurs semblables, il y aurait renoncé. Le savant directeur de l'Ecole des Chartes, qui se trouve aussi mis en scène, a-t-il davantage sollicité l'honneur de tracer un plan de fortifications pour une vallée frontière? Il s'en est au contraire fort modestement défendu, et sa fine bonhomie était même sur ce point tout à fait à l'aise. Le rôle des « intellectuels » dans ce procès a été beaucoup plus simple. Ils n'ont visé ni « la morale humaine », ni « la vie des nations ». Chacun d'eux, ayant été sollicité à parler sur des choses de sa compétence, a fait à l'audience exactement ce qu'avaient fait les experts appelés à l'instruction, et avec les mêmes droits, je pense, car M. Brunetière ne voudra sûrement pas soutenir que le droit de parler, dans ces conditions, dépend de ce que l'on va dire. Du moins les tribunaux continuent à demander aux témoins de dire toute la vérité, alors même qu'ils n'ont envie d'en entendre que le tiers ou le quart, suivant les occurrences.

Ce devoir envers la justice, « l'excellent paléographe, le linguiste et le métricien éminents, le chimiste consommé », aussi bien que ceux que n'énumère pas M. Brunetière, tous l'ont rempli simplement, sans forfanterie comme sans faiblesse, avec les qualités d'esprit qui les ont conduits où ils sont, en gens qui savent pouvoir se tromper, et qui soumettent d'avance leur opinion à tous les orages d'une discussion publique. Ils sont prêts à recommencer, mais diantre ! quant à aller plus loin et à « incliner leur logique devant la parole d'un général d'armée », ils en sont sûrement incapables, et on se demande même quel est l'état d'esprit de celui qui ose le leur demander.

Peut-être trouverait-on quelque lumière sur ce point à la fin de l'article, où l'auteur s'élève avec force contre l'individualisme, source de l'indiscipline et « principe d'anarchie ». Sur ce point, il y aurait beaucoup à dire. Il est certain qu'un troupeau de moutons est bien plus facile à conduire qu'une troupe humaine, et que tout progrès intellectuel chez ceux qui obéissent se tourne en obstacle pour ceux qui commandent. Je reconnais le danger comme M. Brunetière. Je sais aussi qu'on préconise deux principaux moyens d'y parer. L'un est d'abaisser ceux qui servent, et au besoin de les dompter. L'autre est d'élever ceux qui détiennent l'autorité, de quelque nature qu'elle soit, de façon que les distances restent les mêmes. Je ne sais pas quel choix fera mon pays. Mais le mien est tout fait : je reste « intellectuel ».

ÉMILE COLIN — IMPRIMERIE DE LAGNY

www.ingramcontent.com/pod-product-compliance
Ingram Content Group UK Ltd.
Pitfield, Milton Keynes, MK11 3LW, UK
UKHW020946220726
13924UKWH00002B/514